KB129423

## 이철원 음악

국내 일렉트로니카 음악계의 1세대 작곡가. 2010년 B. O. B.의 〈Nothin'
On You〉를 번안한 박재범의 솔로 데뷔곡 〈믿어줄래〉의 편곡, JYJ의 앨
범 〈The Beginning〉에서 세계적인 팝뮤지션 카니예 웨스트, 로드니 저
킨스의 곡들을 리믹스했다. 특히 《고양이와 선인장》을 연재하면서 실었
던 〈땡큐는 고양이가 이대로 가버리는 게 싫었습니다〉가 쉐보레의 CF
배경음악으로 삽입되면서 대중적으로 큰 사랑을 받았다.

《고양이와 선인장》은 글과 그림, 음악을 함께 느끼는 오디오그래픽노블
(Audio Graphic Noble)입니다. 위 QR코드를 통해 휴대전화에서 바로 음악
을 감상할 수 있습니다. 멜론 홈페이지에서 〈고양이와 선인장〉 앨범 전곡
을 무료로 만날 수 있습니다.
고양이 외로워와 선인장 땡큐의 바보 같은 사랑 이야기를 음악을 들으
며 즐겨보세요.

### 〈고양이와 선인장〉

1. Avec Toi(손잡기)  나는 고양이 너는 선인장(20쪽) ~ 근데 있잖아요(56쪽)
2. Fairy Music Box  책상 위의 비누 쓸쓸이(60쪽) ~ 한편…(94쪽)
3. 연가  그냥 선인장(95쪽) ~ 진공 상태(132쪽)
4. Romance  사랑을 받아보지 못한 사람(134쪽) ~ 고양이와 선인장(172쪽)
5. Hello  고양이의 첫사랑(184쪽)

# 고양이와 선인장

원태연 글
아메바피쉬 그림

꼼지락

작가의 말

# 나는 사격선수였습니다

나는 사격선수였습니다.
시 쓰는 걸 좋아했던…

열일곱 국어시간…
내 노트에 적힌 시를 국어 선생님이 읽어주었고
그 시가 내가 쓴 시라고 선생님의 질문에 대답했을 때
거짓말이라고 웅성거리는 친구들의 반응을 보고
내가 시를 그럴듯하게 쓴다는 사실을 알게 되었습니다.

스물하나 어느 날 첫 시집을 발표했고
비난과 찬사를 함께 받으며 엄청나게 많은 시집을 팔아치우며
사격선수에서 시인이 되었지만
그땐 시인이 뭘 하는 사람인지 몰랐습니다.

4

스물다섯에 전역을 하고 유명 가수들의 노래에 가사를 써주며
세상의 화려함에 잠시 취했었지만
나는 작사가도 시인도 아니었습니다.

스물아홉 우연히 만난 영화감독에게 상처를 받고
관심도 없었던 영화감독의 꿈을 키웠지만
작사가도 시인도 아닌 나에게 영화판은
초등학생과 대학생의 주먹다짐이었습니다.

서른부터 서른여섯까지 내가 어울릴 수 있는 자리를 찾아
웃음도 팔고 글도 팔고 영혼도 팔아 먹고살면서
시인이 뭘 하는 사람인지 알 수 있었지만
시는 나를 떠난 후였습니다.

서른일곱 중학교 친구들과 술자리를 끝내고
혼자 택시를 잡는데 갑자기 눈물이 쏟아져 내렸습니다.
즐겁게 떠들고 웃다 끝난 술자리였기에
처음엔 쏟아져 내린 눈물이 어색했고 잠시 후
내가 흘린 눈물이 슬퍼 큰 소리로 울었습니다.

서른아홉… 영화감독이 되었지만
아직까지 한 번도 내가 찍은 영화를 보지 못했습니다.

마흔…《고양이와 선인장》을 완성해가며
나도… 세상도… 외로움도… 사랑도… 조금 알 것 같고
그래서 조금 살 것 같았습니다.

마흔한 살
《고양이와 선인장》을 출간했을 때의

편안한 마음이 여러분에게
전달되었으면 하는 바람으로
인사말을 대신할까 합니다.

철없는 시인 원태연

차례

## 나는 고양이 너는 선인장

난 고양이야.
생선을 제일 좋아하고
햇살이 좋은 날 지붕 위에서
낮잠 자는 걸 좋아해.
난 검은색이야.
다른 색깔은 아무것도 섞이지 않았어.
좀… 밋밋하지.
친구? 우리 고양이들은 그런 거 없어.
근데 있잖아.
네 이름은 뭐야?

## 나는 선인장 당신은 고양이

저요…? 제 이름은 땡큐예요.
고맙다는 뜻이래요.
저에게 가끔 물을 주고
내 기분을 궁금해해주던 남자아이 철수가
친구가 되어줘서 고맙다고 땡큐라고 지어줬어요.
저도 햇살을 좋아해요.

그리고… 처음부터 이런 말 어떨지 모르겠지만
당신의 검은색은 하나도 밋밋하지 않아요.

만약 저에게 심장이 있다면
두근두근거릴 만큼… 멋져요!
그리고
저한테 말 걸어줘서… 참… 고마워요.

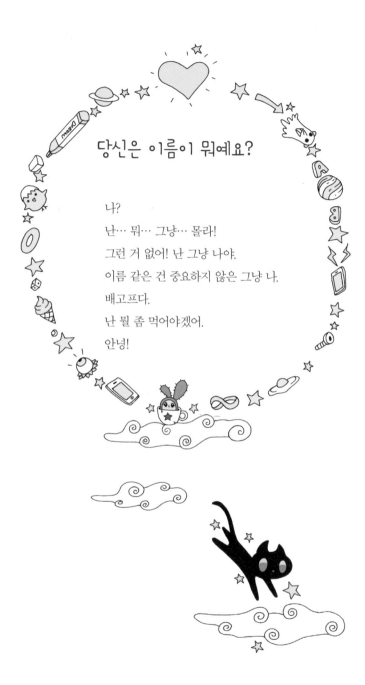

# 당신은 이름이 뭐예요?

나?
난… 뭐… 그냥… 몰라!
그런 거 없어! 난 그냥 나야.
이름 같은 건 중요하지 않은 그냥 나.
배고프다.
난 뭘 좀 먹어야겠어.
안녕!

## 땡큐는…

땡큐는
고양이가 이대로 가버리는 게 싫었습니다.
하지만 땡큐는
고양이를 따라갈 발도
고양이를 잡을 손도
고양이를 잡을 용기도
배고픈 고양이에게 줄 음식도 없었습니다.
땡큐는 뾰족한 가시가 촘촘히 박혀 있는
그냥 선인장일 뿐이니까요.

어딜 가세요… 나랑 같이 놀아요.
둘이 놀면 혼자 놀 때보다 더 재미있을 텐데…
놀 것도 많고…
뭘 하고 노냐고요?
조금 전처럼 얘기해요……………… 우리
우리…라고 해도 괜찮을까요?

고양이가 떠난 창밖을 보며 혼자 떠들던 땡큐는
조금 전 고양이를 처음 봤을 때처럼
심장이 두근거리기 시작했습니다.

오늘 당신을 처음 봤지만
왠지 당신과는 '우리'가 되고 싶어요.
당신과 내가 우리가 되면
같이 하늘도 보고, 공기도 마시고, 지나가는 자동차도 보고
재미…없을까요?
저 솔직히 좀 많이 재미없어요.

그리고 며칠 후
고양이가 다시 찾아와 자신의 이름을 불러주었을 때
땡큐는 자신이 뾰족한 가시가 촘촘히 박혀 있는
그냥 선인장이라는 사실도 잊은 채
하마터면 눈물을 흘릴 뻔했습니다.

생각해봤는데…

## 생각해봤는데 I

고양이는
땡큐가 살고 있는 2층 창문으로 휙 뛰어올라 와서 말했습니다.

생각해봤는데 말이야… 나도…
이름 따위 하나쯤 있어도 괜찮을 듯싶어…
그래서 말이야… 뭐 부탁은 아니고
스스로 자기 이름 만드는 건 좀 그렇잖아.
그러니까 뭐… 네가… 하나… 만들어봐.

# 생각해봤는데 II

땡큐는 정말정말 기뻤습니다.
첫 번째는
고양이가 자신이 살고 있는 2층으로
휙 뛰어올라 와준 것이고
그다음 두 번째는
고양이의 첫마디

생각해봤는데 말이야…

였습니다.
나를 생각하다니…
나를 생각해주다니…
만약에 땡큐의 몸에 뾰족한 가시들이 없다면
꽉 안아주고 싶을 만큼
땡큐는 고양이가 반가웠습니다.

## 외로워요…

외로워?
으음… 외로워어… 알았어.
고마워… 좀 이상하긴 하지만 네가 지어준 거니까.
그걸로 할게!
외로워어… 음… 알겠어.
안녕!

땡큐는 고양이를 잡지 못했습니다.
갑자기 나타난 고양이가 반가워
자기도 모르게 속에 있던 얘기를 한 건데,
고양이는 그것이 땡큐가 붙여준 이름인 줄 알고
다시 2층에서 훌쩍 떠나버렸습니다.

바보… 며칠 만에 찾아와서는…

## 전자파 흡수

땡큐는

한 남자의 컴퓨터 옆에서

한 남자의 건강을 위해

한 남자의 컴퓨터에서 나오는 전자파를 흡수하는 일을 하고 있다.

한 남자는 이틀에 한 번… 어쩔 땐 두 달에 한 번

아니면 이 주일에 한 번

생각날 때마다 땡큐에게 자신이 마시던 컵에 남은 물과 커피

때로는 맥주를 줄 뿐

땡큐를 위한 그 어떤 행동도 하지 않는다.

그래서 땡큐는 외롭고

그때마다 땡큐는 철수를 생각한다.

가끔 한 남자의 컵에 진한 위스키가 남아 있을 땐

철수의 생각이 더 간절해진다.


철수는 잘 있을까…?

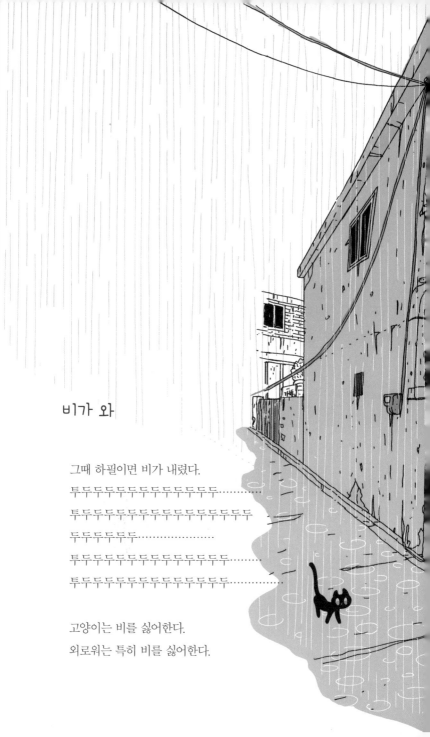

## 비가 와

그때 하필이면 비가 내렸다.
투두두두두두두두두두두두두…………
투두두두두두두두두두두두두두두두두두
두두두두두두…………………
투두두두두두두두두두두두두두두………
투두두두두두두두두두두두두두두…………

고양이는 비를 싫어한다.
외로워는 특히 비를 싫어한다.

# 하늘에서 물이 떨어져

비가 오면 외로워는
외로워진다.
하지만 오늘 외로워는 외롭지 않다.

친구가 생겼고
좀 이상하긴 하지만 친구가 '외로워'라는 이름도 지어줬고
세븐일레븐 앞을 지나갈 때
닭다리를 들고 가던 아저씨가
전화를 받으려다 떨어뜨린 닭다리도 먹었다.
닭다리를 먹으면서 외로워는 언제나처럼 혼자 떠들었다.

오늘은 어디서 자지… 땡큐는 뭐하고 있을까?
근데 왜 이렇게 기분이 좋지…
하늘에서 물도 떨어지는데…
아하! 이름이 생겼지.
외로워…!
으음… 맞아… 난 외로워…
그걸 어떻게 알았지… 땡큐는 며칠 전에 처음 만났는데…
근데 땡큐는 지금 뭐하고 있을까?
바보… 땡큐는 맨날 가만있잖아… 거기서
땡큐는 참 좋겠다.
잘 곳도 있고… 나 말고 다른 친구도 있고…
근데 땡큐는 뭐하고 있을까? 지금.

# 땡큐는

땡큐는 비가 오는 게 싫다.
비가 오면
철수가 생각나고
철수가 생각나면
슬퍼지니까.
하지만 지금 땡큐는 슬프지 않다.
고양이 생각에 슬퍼질 틈이 없다.
처음 만났고
잘 알지도 못하는 고양이지만
고양이는 땡큐에게 위로가 된다.

## 위로 [명사]

따뜻한 말이나 행동으로 상대방의 괴로움을
덜어주거나 슬픔을 달래줌.

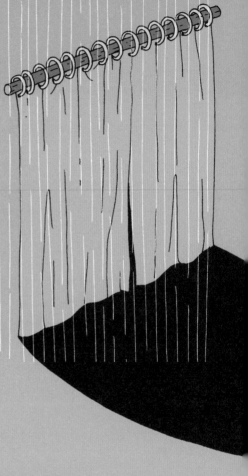

## 불행 중 참 다행

비가 오면
철수 엄마는 커튼을 쳤습니다.
비가 오니까요.
철수는 우울해지면 안 되는 병에 걸려 있었습니다.
그래서 철수 엄마는 우울했고
비가 오면 커튼을 쳤습니다.

하지만 지금은
비가 와서 우울해할 철수도
비가 오면 커튼을 칠 철수 엄마도 없습니다.

그 대신
이틀에 한 번… 어쩔 땐 두 달에 한 번
아니면 이 주일에 한 번
생각날 때마다 자신이 마시던 컵에 남은 물과 커피
때로는 맥주를 주는
한 남자가 있을 뿐입니다.
한 남자는
비가 와도 커튼을 치지 않습니다.
불행 중 참 다행입니다.
고양이가 오는지
안 오는지
창밖을 바라볼 수 있으니까요.

## 고양이가 오면…

고양이가 오면
용기를 내서

들어오세요. 비가 오니까요.

고양이가 들어오면

저기 온장고에 캔 커피가 들어 있어요.
이따금씩 오는 손님용으로 한 남자가 준비해놓은 건데
당신은 제 손님이니까
하나 드셔도 돼요.

그리고

집이 어디예요?
갈 수는 없어도 상상해보고 싶어요.
당신이 사는 집.
카펫은 당신의 검정과 반대되는 빨강이면 좋겠어요.
그래야 당신이 더 잘 보이니까요.

그리고 또

냉장고를 열어서
당신의 음식 취향을 알고 싶어요.
그래야 당신이 좋아하는 음식을 만드는 모습을
상상할 수 있잖아요.
그리고 참 미리 얘기하는데요… 저는 상상력이 풍부하거든요.
그러니까 절 슬프게 하시면 안 돼요.
그러면 전에 없던 일까지 상상하면서 슬퍼할 테니까요.


그리고는 자장가처럼 들려오는 빗소리를 들으며
땡큐는 잠이 들었습니다.


투두두두두두두두두……………
투두두두두두두두두두두두두…………
투두두두두두두두두두두두두두두두두…………
투두두두두두두두두두두두두두두두두두두두두두………
투두두…………………………………………

## 그날 밤

외로워는 외로워서 땡큐를 만나러 왔습니다.

선인장이니까, 잠들지 않았을 거야.
아니야, 선인장도 잠을 자나?
자고 있다가 깨어나면 짜증 날 텐데…
나한테 짜증 내면 어떡하지…

외로워는 잠자다 깨어나는 게 제일 싫었거든요.
지나가는 차의 헤드라이트
동네 아이들의 돌멩이질
오늘같이 느닷없이 쏟아지는 비
다른 고양이들의 구역 다툼
등등…
달콤한 꿈나라를 방해하는 모든 것들이 싫었습니다.
그래서 조심조심 조심
두근두근 두근두근거리는 작은 심장을 진정시키며
땡큐가 살고 있는 2층 난간으로 뛰어올랐습니다.

# 꿈

땡큐는 꿈속에서 고양이를 만난다.
꿈속에서 땡큐는 고양이에게
참치 캔 하나를 준다.
땡큐가 준 참치 캔을 게걸스럽게 먹던 고양이는

고마워.
넌 참 착해.
쫌 이상하긴 하지만 내 이름도 만들어주고…
날 보면 반가워해주고
웃어주고
참치도 먹게 해주고… 근데 이거 진짜 맛있다.
사실 우린 이렇게 깨끗한 참치를 먹어볼 기회가 흔치 않아.
우리랑 다른 태생의 고양이들은
주인이 사료도 주고 그런다지만
그건 다른 세상 얘기니까!
어쨌든 고마워. 잘 먹었어… 안녕!

땡큐는 꿈에서 고양이가 또 훌쩍 떠나버린 것이 속상해
그만 잠에서 깨어나버렸다.

정말 제멋대로야! 고양이는…

하며 속상해할 때
꿈에서 훌쩍 떠난 고양이가 현실로 나타났다.
꿈에서처럼 똑같이
안녕!
이라고 말하면서.

# 안녕!

땡큐는 온몸에 가시가 확 빠져나갈 만큼 깜짝 놀랐습니다.
고양이가 눈앞에 나타나다니…
유리로 가로막고 있는 창문이 아닌 바로 눈앞에…
고양이의 출현에 너무 놀란 땡큐는
안녕이라고 활짝 웃으며 인사하는 고양이에게
인사조차 하지 못하고
놀라서 쳐다만 보고 있었습니다.

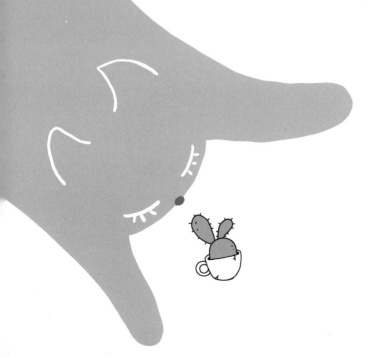

# 0.3초 정도

외로워는 후회했다.

괜히 왔어…

바보… 좀 튕기는 것도 멋인데… 여기가 어디라고…

지금이 몇 시라고… 언제부터 친구였다고.

괜히 왔어… 매번 이따위야… 감정 조절을 못해요.

이런 초라한 느낌… 상처 많이 받아왔잖아.

괜히 왔어… 아는 척도 안 하잖아…

빨리 이 이상한 분위기 좀 정리해봐… 뭐라고 할 거야…

지나가다 들렀어.

이 밤에

왜?

그냥 세게 나가!

보고 싶어서! …라고

아니야… 그렇게 말하면 값 떨어져… 그럼 뭐라고 하지?

라는 생각을 0.3초 정도 하고 있을 때

고맙게도 땡큐가 먼저 입을 열어주었습니다.

안녕… 외로워!

외로워는 표정 관리에 충실하며 속으로만 말했습니다.

살았다!

## 중독

어떤 사상이나 사물에 젖어버려 정상적으로
사물을 판단할 수 없는 상태.
땡큐는 외로워 중독, 외로워는 땡큐 중독.

## 근데… 있잖아

밤인데… 왜 안 잤어?
선인장은 안 자나…
아니 그냥 궁금해서
난 선인장이 아니라서 선인장을 잘 모르거든.
근데… 있잖아.
난 고양이고 넌 선인장인데…
난 너랑 있는 게 하나도 이상하지가 않아.
난 원래 혼자 있을 때 말고는 항상 좀 이상했거든.
내가 불편하든… 누군가가 불편하든…
그래서 널 조금 더 알고 싶어.
너랑 있으면 하나도 이상하지 않은 게
좀 이상하거든.
뭐 그냥… 잘 알면 좋잖아.
우리… 서로.

## 근데… 있잖아요

왜 안 자고 이 시간까지… 아니! 아니요… 싫은 게 아니고요…
걱정이 돼서요.
밤엔 차들이 막 달리고
술 취한 사람들도 많고
뉴스에 나오는 못된 사람들 때문에… 당신이 다칠까 봐서요.
전 상상력이 풍부하거든요.
근데요… 있잖아요.
전 지금 기분이 너무 많이 좋아요.
사실 조금 전까지 당신이 뭘 하고 있는지… 상상하고 있었거든요.

# 책상 위의 비누 쓸쓸이

책상 위의 비누 쓸쓸이는
검은 고양이 외로워와 선인장 땡큐가
서로에게 빠져들어 가는 모습을 지켜보고 있었습니다.

# 쓸쓸이의 쓸쓸한 이야기

쓸쓸이는 한 남자가 글을 쓰기 전
꼭 한 번씩 손을 닦는 습관 때문에
책상 위에 올려둔 비누였습니다.
한 남자에게 글을 쓰기 전 손을 닦는 것은
어떤 의식과도 같은 것이었기에
쓸쓸이는 정성스럽게 한 남자가 자신을 만져주면
하얀 거품으로 답례하며 행복한 나날을 보내고 있었습니다.

# 이상한 사랑

그러던 어느 날
쓸쓸이는 점점 없어져가는 자신을 발견했습니다.
한 남자가 자신의 몸을 정성스럽게 만질수록
자신은 점점 작아져버리는 이상한 존재라는 걸 알아차린 거죠.
자신이 하고 있는 사랑이
행복과 불행이 동시에 존재하는
이상한 사랑이란 것을…

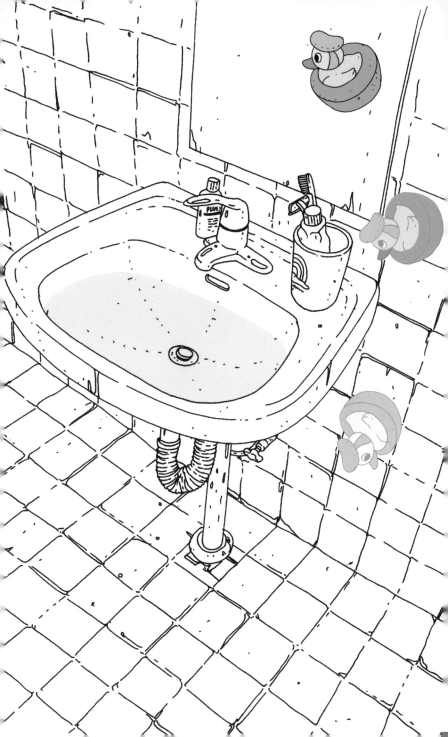

# 하얀 거품

쓸쓸이는
하얀 거품을 이용해 한 남자의 눈을 아프게 하며
자신의 존재를 한 남자에게 알리려고 했지만
그때마다 돌아오는 것은
차가운 욕실 바닥에 떨어져 찌그러지는 아픔뿐이었습니다.

**통증** [명사]

아픈 증상.

## 땡큐의 친구…

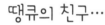

인사하세요. 내 친구 쓸쓸이예요.

외로워는 땡큐와 알 수 없는
그러나 강렬한
그래서 어색했던
어떤 순간? 느낌! 어쨌든 그런 것에 빠져 있을 때
땡큐가 소개해준 쓸쓸이라는 친구를 봤습니다.

땡큐의 친구 쓸쓸이는
깊은 숨을
오래도록 들이마시고 싶을 정도로
아름다운 향기를 가지고 있었고
그 향기로
땡큐의 후각을 항상 즐겁게 해주며
땡큐와 같은 책상 위에서
비가 오나 눈이 오나 바람이 부나
항상 함께하던 친구였습니다.

그래서 외로워는

음… 안녕! 난 외로워라고 해… 반가워

라고 인사는 했지만
속으로는
땡큐가 매일매일매일매일매일 만나고, 얘기하고, 친하게 지낸
비누 쓸쓸이가 무지무지무지무지무지무지 부러웠고,
자신은 완전완전완전완전완전완전 초라했습니다.

## 외로워의 혈액형

외로워의 혈액형은 A, B, O, AB형이다.

A, B, O, AB형인 외로워는

때로는 당당하고

때로는 멋대로이고

때로는 감성적이고

때로는 우유부단하지만

사실 대부분은

소심하고 예민하고 민감하며

상대방의 작은 행동에도 크게 상처를 받는다.

상대방은 외로워에게 상처를 준 줄도 모르고
그럴 의도가 정말 하나도 없을지라도
외로워의 마음은
언제나 자기 멋대로 상처 받고 스스로를 괴롭힌다.
이런 성격을 전문용어로 밴댕이 소갈딱지라고 하고
사회 적응 부적격자라고도 한다.

# A, B, O, AB형의 특징

순간적이고 감성적이며 소심하고 이성적이지 못하다.
사회 적응 능력이 일반적인 혈액형을 가진 사람보다
현저히 떨어지며
자신의 생각과 감정을 타인에게 절대 알리려고 하지 않는
배타적인 기질이 강하고,
그래서 맨날 혼자 논다.

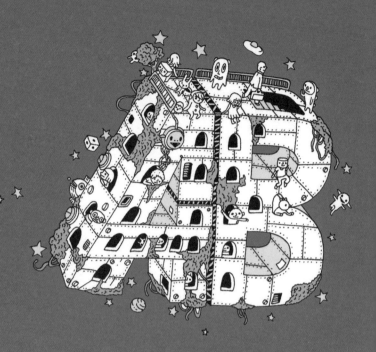

## A, B, O, AB형과 친해지는 방법

성격이 그때그때 다르기 때문에 친해지기가 쉽지 않음.

하지만 한번 친해지면

자기가 싫어질 때까지는 무슨 짓을 해도 좋아함.

마음이 매우 약하기 때문에

불쌍한 척하면 잘 넘어감.

## 도둑고양이

외로워는 도둑고양이었다.
잠을 자려고 해도 도둑잠
밥을 먹으려고 해도 도둑 밥
자신에게 주어진 것은
태어날 때부터 아무것도 없는
초라한 도둑고양이었다.

하지만 도둑고양이 외로워는
잠을 잘 때도
밥을 먹을 때도
부시럭! 작은 소리에
일단은 도망치고 보는 자신의 본능이
지금처럼 감사한 적이 없었다.

철컥!

문을 열고 한 남자가 방으로 들어왔고
초라한 자신을 감추고자
열 발톱에 힘을 주고
초긴장한 내색을 감추려고 노력하던 외로워는
철컥! 한 남자가 방문을 열고 들어오는 소리에

후다닥!

땡큐와 쓸쓸이를 뒤로하고
본능이라고 자신을 속이며 도망쳐버렸다.

## 왜 그랬을까?

―

왜 그랬을까? 왜 그랬을까? 왜 그랬을까? 왜 그랬을까?
왜 그랬을까? 왜 그랬을까? 왜 그랬을까? 왜 그랬을까?
왜 그랬을까? 왜 그랬을까? 왜 그랬을까? 왜 그랬을까?
왜 그랬을까? 왜 그랬을까? 왜 그랬을까? 왜 그랬을까?
왜 그랬을까? 왜 그랬을까? 왜 그랬을까? 왜 그랬을까?
왜 그랬을까? 왜 그랬을까? 왜 그랬을까? 왜 그랬을까?
왜 그랬을까? 왜 그랬을까? 왜 그랬을까? 왜 그랬을까?
왜 그랬을까? 왜 그랬을까? 왜 그랬을까?
왜 그랬을까? 왜 그랬을까? 왜 그랬을까? 왜 그랬을까?

왜… 또………

그랬을까……………………………………………………………?

# 마음

그것은 상처였다.
버림받았던… 상처…
사랑을 잘못 줬을 때?
혹은… 소심함.
소심하다는 것은 상처가 많다는 것이다.
그래서 상처가 있는 사람들은
미연에 그것을 방지한다.


또…………………………………… 상처 받기 싫어서


그리고 그 상처는 마음속 깊이 남아
마음이 아닌 뇌에 각인된다.
그리고 그 상처는 곧 그 사람 자신이 된다.
외로워는 지금 또 한 번 상처를 받는다.
이번 건 스스로 만들었다.

# 마음 II

땡큐는 울고 싶었다.

하지만 땡큐는 울 수가 없었다.

땡큐는

온몸에 가시가 박힌 그냥 선인장이니까.

가지 말라고 말할 틈도 없이

잘 가라고 말할 틈도 없이

후다닥! 사라져버린 외로워를 생각하며…


왜 그러세요.

왜 기분이 상하셨어요?

아니요. 그냥 당신의 얼굴이 갑자기 어두워져서…

미안해요. 오버해서… 근데

혹시

제가

뭘

잘못…했나요?

그랬다면 정말 미안해요. 제가 잘 몰라요. 아무것도…


라고

마음속으로만 끊임없이 반복만 할 뿐.

갑자기 떠나버린 외로워 때문에

갑자기 가슴이 무너졌지만 땡큐는 온몸에 가시가 촘촘히 박힌

그냥 선인장일 뿐이어서 울 수도 없다. 그러고는 이따금씩

한 남자의 컵에 남아 있는 독한 위스키를 떠올린다.

# 마음 III

책상 위, 비누 쏠쏠이는
땡큐를 두고 후다닥!
도망치듯 사라진 외로위를 보며 생각했습니다.

부럽다. 나도 발이 있었으면
한 남자와 같이 축구도 하고
한 남자와 함께 산책도 하고
한 남자와 함께 친구들을 만나러 다닐 수 있었을 텐데…
그리고 또 땡큐에게 들려줄 수 있는
많은 얘깃거리도 만들 수 있었을 텐데…

근데 저 바보는
왜 갑자기 도망갔을까?
발도 있는 게.

# 병신

한참을 달렸습니다.
골목을 빠져나와
횡단보도를 건너
편의점을 지나
길게 뻗어 있는 3차선 도로 옆 길가를…
한참을 달렸습니다.
그렇게 한참을 달리다가
숨이 턱까지 차올라
더는 달릴 수 없을 때
검은 고양이 외로워는 멈췄습니다.

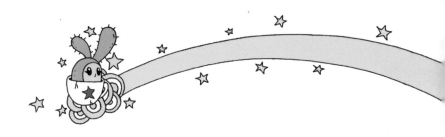

하아… 하!… 하아… 하아… 하! … 하아… 하아아…
하!…하!…하아…!하!…하아아…!
하아…하!…하아…하아…하!…하아…하아아…!
하!…하아…!하아…하…아하아…하아하아하아…!
하아………………………………………………
하……………………아…………………………………
하…………………………………………………………
………………………………………………………………

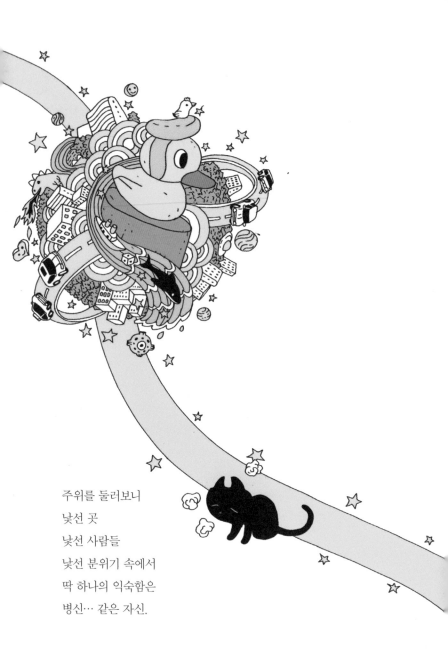

주위를 둘러보니
낯선 곳
낯선 사람들
낯선 분위기 속에서
딱 하나의 익숙함은
병신… 같은 자신.

## 유리창에 비친...

병신들은 잘 안다.
자신이 병신이라는 것을
병신들이 제일 싫어하는 사람은
자신이고
병신들이 제일 보기 싫어하는 것은
거울이다.

# 쏘주

외로워가 처음 술을 마셔본 건
몇 달 전 편의점 앞 파라솔에서였다.
남자 둘, 여자 둘
외로워는
여럿이 함께 모여 즐겁게 웃고 떠드는 모습을 보는 게 좋았다.
고양이든… 사람이든
그래서 그 사람들을 쳐다보고 있었고
한 여자가 외로워를 보고
소시지를 한 개 줬다.

남자1 : 야! 고양이가 술 취한 거 본 사람?
여자2 : 말도 안 돼!
남자1 : 어? 내기할래?
여자2 : 오케이. 2차 내기
여자1 : 야! 왜 그래, 하지 마!
남자2 : 굿이나 보고 떡이나 처먹어!

쏘주는 썼고 기분은 이상했다.
고양이로 태어난 걸 후회할 정도로…
소시지 하나에 붙들려
벌컥! 벌컥!
삼켜버린 쏘주가 올라오면서 기분은 이상했고
쏘주는 썼고 고양이로 태어난 게 후회됐다.
그러고는…

# 울었다

킬킬킬킬 웃고 있는 사람들
아스팔트 바닥이 머리 위로 올라왔고
도망가고 싶어 움직였던 다리는
휘청… 휘청… 말을 듣지 않았다.
그러고는 울었다.
왜 눈물이 나는지는 알 수 없었지만
펑펑… 아니 야옹 야옹 야옹.

가슴속으로 들어간 쏘주는 뜨거워졌고
그 뜨거운 느낌은 서러움이 되고
한숨이 되고
상처가 되어
외로워의 가슴에서 눈에서 입에서
펑펑… 아니 야옹 야옹 야옹 눈물을 흘리게 만들었다.
슬프고 아팠지만 왠지 속이 시원해지는 기분도 약간 있었다.
물론 다음 날 아침에
머리가 깨질 듯 아팠고
속이 쓰라렸지만

그래서 지금은
그날처럼 취하고 싶었다.
그리고 잠들고 싶었다.
그날처럼… 깊게… 아무 생각 없이…

한편...

땡큐가 도무지 알 수 없는
자신의 잘못을 반성하고 있을 때
쓸쓸이가 말했습니다.

쟨 뭐야? 옛날 친구야?

땡큐는 쓸쓸이의 입에서 흘러나온
옛날 친구라는 말에
철수가 떠오릅니다.

## 그냥 선인장

철수를 만나기 전 땡큐는
소박하지만 이룰 수 없는 꿈을 꾸고 있던
그냥 선인장이었습니다.

# 이를테면

하얀 산소가 끊임없이 흘러나오는 진열장 안 꽃들처럼
꽃 가게 주인의 손길이나
꽃을 사러온 손님들의 눈길을 끌 수 있는 아름다움.

뭐… 거기까진 아니더라도
멋대가리라고는 하나도 없고
사람들로 하여금
손길을 줄 엄두조차 못 내게 하는
이 가시만이라도 없어져버리는 것.

그것도 힘들면
좀 연약해서
물이라도 자주 안 주면 죽어버리는
가녀린 생명력이라도…
하지만 이 모든 것은
꽃집 현관 앞에 진열된 건지,
주인이 그냥 거기에 둔 건지도 모를 선인장에게는
이룰 수가 없는 꿈이었습니다.

# 그러던 어느 날

철수가 찾아왔습니다.
엄마의 손을 잡고
천사 같은 미소를 지으며

엄마 만져봐 진짜 따가워… 엄마 여기 여기 여기…

처음이었습니다.
누군가의 손길을 받아본 것은
처음이었습니다.
누군가의 관심을 받아본 것은
처음이었습니다.
누군가 자신에게 말을 걸어준 것은
그것도 끊임없이…
처음이었습니다.
누군가 때문에 가슴이 없어질 것 같은 슬픔을 느낀 것은

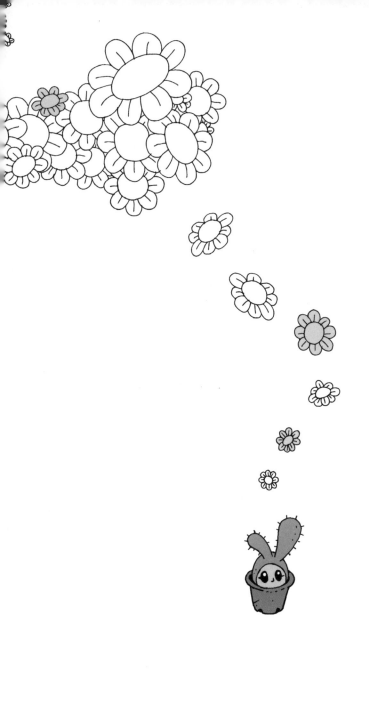

# 땡큐의 옛날 친구 철수

철수가 한 살 때
철수 아빠는
철수와 철수 엄마를 두고 죽었습니다.
그래서 철수 엄마는 울었습니다.
한 살짜리 철수도 엄마를 따라 울었습니다.
네 살짜리 철수가 아빠를 찾았을 때
철수 엄마는 철수에게

아빠는 일하러 미국에 갔어, 철수야.
조금 있으면 오실 거야,
장난감 많이 사가지고

라고 거짓말했습니다.
어차피 철수는 조금 있으면 아빠한테 갈 테니까요…

# 초코 콘플레이크

철수 엄마가 철수에게
철수가 제일 좋아하는 초코 콘플레이크를 먹여주던 순간을
땡큐는 잊지 못합니다.

어어! 난 안 아플 때까지 이런 거 먹으면 안 되는데.

철수 엄마가 철수의 입에
초코 콘플레이크를 한 숟갈 떠 넣어주며
이젠 먹어도 된다고 합니다.

어! 그럼 나 안 아파 이제?

철수 엄마가
철수의 입가에 흐르는
까만색이 섞인 우유를
수건으로 닦아주며

그럼! 우리 철수 이젠 안 아파…

라고 합니다.

아싸아… 그럼 나 아빠 만나러 간다아, 미국에.

철수 엄마가 철수의 입에
초코 콘플레이크를 두 번째 떠 넣어주며

철수야… 엄마 잠깐만!

이라고 말하며 화장실로 들어갑니다.
걷는 것도 뛰는 것도 아닌 빠른 걸음으로
입으로 터져나오는 아픔을 틀어막으며 화장실로 달려갑니다.

땡큐는
그 순간
자신이 눈물을 흘릴 수 없는 선인장이라는 사실을
처음으로 감사했습니다.

# 땡큐의 그림자

옛날 친구 철수를 생각하던 땡큐에게
그림자가 생깁니다.
그림자는 자세히 보고 있지 않으면
알 수 없을 만큼 아주 천천히 자라지만
바라보고 있는 땡큐에게는
외로워를 만날 수 있는
유일한 희망처럼 보입니다.

## 그리움

추울 때 마시는 따뜻한 자판기 커피.
하지만
너무 많이 마시면
잠이 오지 않는다.

## 그림자 편지

그림자가
아주 천천히, 하지만 계속 자라나
외로워를 만나게 되기를 바라며
땡큐는 외로워에게 편지를 씁니다.
펜도
종이도
컴퓨터도
이메일도
휴대전화도 없지만
진실을 마음속에 담아

한줄한줄한줄한줄한줄한줄한줄한줄한줄한줄한줄한줄한줄

왜 그렇게 가셨어요. 속상하게…
나 사실은 당신을 조금은 알아요.
매일 혼자서만
생각하고
판단하고
상처 받고
치료하고
놀고
싫증 내고
아파한다는 걸
어떻게 알았냐구고요?
당신은 참 바보예요.
그렇게 물어보는 게 아니라
너도 그러니?
이렇게 물어봐야죠.
그래야 내가 그다음 얘기를 하죠.

## 그다음 얘기

매일 아침 나한테 인사해주고
물도 주고, 얘기도 해주고
햇살이 좋은 날 창밖에 내놔 주고
그러다 비가 오면
다시 안으로 들여놔주고
제 몸에 가시를 만지다 찔리면
굉장히 재밌는 놀이라도 한 듯

깔깔깔깔… 너 진짜 따갑다. 땡큐야
엄마도 만져봐 진짜 따가워!

하며 철수 엄마의 손에 제 가시를
조심스럽게 만져보게 해주고
가끔 엄마와 병원 마당을 산책할 때
두 손으로 나를 꼭 들고 다니는 철수에게
난 아무것도 해준 게 없어요.

그래서 지금은
아무에게라도 위로 받고 싶어요.
그리고 그 아무나가 꼭 당신이면 좋겠어요.

113

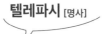

# 텔레파시 [명사]

말, 몸짓, 표정 등 감각적인 게 전혀 없는 조건에서
타인의 마음(생각, 지각, 감정)을 감지하는 일.
뇌파의 집중 강도에 따라 일반적인 의사소통 도구보다
전달력이 높을 수 있다.

## 보일러 돌아가는 소리

외로워가 지친 몸을 눕힌 곳은 어느 연립주택 보일러실.

위이이이이잉

끊임없이 들려오는 보일러 소리에 잘 수가 없었지만
외로워에게는 다른 곳을 찾아갈 힘이 없었고
힘이 남아 있었어도 그럴 기분이 아니었습니다.

그래서 눈을 감고

위이이이이이이이이이잉

보일러 돌아가는 소리가 멈춰지기를 기다렸지만

위이이이이이이이이이이이이이이이이이이잉

보일러는 도무지 꺼질 기미를 보이지 않았고

위이이이이이이이이이이이이이이이이이이이이이이이이이이이이이이잉

꺼지지 않는 보일러 소리를 들으며 외로워는 많은 생각을 합니다.

# 외로워의 많은 생각

사실 외로워의 두뇌는
그렇게 많은 생각을 할 만큼 용량이 크지 않다.
그리고 지금 외로워가 생각하고 있는
고민과 질문의 정답은 단순하다.

고민과 질문 : 내가 지금 왜 이렇게 괴롭지?
정답 : 들켰을까 봐!
고민과 질문 : 뭘?
정답 : 널.
고민과 질문 : 그럼 이제 날 싫어하겠지?
정답 : 가서 물어봐.

# 그 순간

외로워는
자신이 밤새 잠들지 못한 이유가
보일러 돌아가는 소리 때문이 아니라는 사실을 알고는
이 세상 모든 고민과 질문의 정답을 알고 있는 땡큐에게
뛰어가기 시작했습니다.

# 사랑에 빠졌을 때 1초는 10년보다 길다

사랑에 빠졌을 때 1초는 10년보다 길다.
똑딱 똑딱 똑딱 똑딱이 아닌
또오오오오오오오오오오오오오오오오오오오옥 딱이다.
그래서 사랑에 빠지면
시간이 더럽게 안 간다.

가시 다 빠진다! 가시 다 빠져…
올 때 되면 오겠지.
제 발로 간 놈이 기다린다고 빨리 오나?

## 바로 그때

제 발로 간 외로워가 나타났습니다.
1초가 10년 같았던 땡큐도
1초를 10년처럼 보내는 땡큐를 놀리던 쓸쓸이도
깜짝 놀랐습니다.

# 1초도 길다

1초도 길다.
사랑 앞에서
언어가 얼마나 쓸데없는 원시적인 유물이라는 것을
확인할 수 있는 시간은.

## 나는요

당신이 날 만나러 찾아와주지 않으면 당신을 볼 수 없고
내 몸에 촘촘히 박혀 있는 가시들이 당신을 찌를까 봐
당신을 안아보고 싶다는 생각은 꿈속에서조차
몰래 할 수도 없고
예쁜 꽃을 피워 당신 눈을 즐겁게 해드릴 수도 없고
향기마저 없는
그냥 선인장입니다.

사랑하는 데
어떤 자격이 필요하다면
전 완전히 자격 미달인 셈이죠.
하지만
이런 저라도 괜찮으시다면
저도 한 가지는 당신께 해드릴 수 있어요.
전 외로워도 봤고
지금도 충분히 외롭기 때문에
당신의 외로움을 같이 공감할 수는 있을 거예요.
당신만 좋다면요.

**공감** [명사]

남의 감정, 의견, 주장 따위에 대해 자기도
그렇다고 느끼는 것. 또는 그렇게 느끼는 기분.

## 나는

난 네가 이상한 고양이들을 많이 만나봤기를 바라는
진짜 이상한 고양이야.
그래야 내가 조금은 덜 이상해 보일 테니까.
얼마나 이상하냐고?
나는 많이 이상해.
네가 생각하고 있는 것보다 훨씬 더 많이…

# 혼자

난 혼자였거든… 매일… 매일… 매일!
가끔 나랑 놀고 싶어 하는 친구들도 있었어.
근데 왜 안 놀았냐고?
얘기했잖아.
난 이상한 고양이라고.
내가 이상한 걸 알게 되면 내가 싫어질 걸 알거든.
이따금씩 착한 친구들이 있어서
나를 참아주고 있지만 내가 그걸 어떻게 모르겠니.
그건 서로 힘든 일이잖아.

그래서 난 매일… 매일… 매일! 혼자 놀았어.
그게 편하거든.
물론 지루하고 심심할 때가 대부분이지만
누가 날 싫어하는 것보다 그 편이 훨씬 더 좋아.

이런 나도 괜찮다면
너랑 조금 더 많은 시간을 보내고 싶어.
왜냐하면 난 너랑 있으면
내가 하나도 이상하지 않거든.

# 진공 상태

고양이와 선인장은 지금
두 개의 마음으로 하나의 감정을 공유하고 있다.
세상의 모든 소음이 사라지고
세상의 모든 물체가 사라지고
세상의 모든 고민이 사라지는 감정.
두 개가 하나가 되는 감정.

# 사랑을 받아보지 못한 사람

쓸쓸이는 참 부럽습니다.
땡큐와 외로워가
서로를 서로에게 보여주며
서로에게 위로가 되어주는 모습이.
자신은 단 한 번도 그래보질 못했거든요.
한 남자에게 자신은 그저 글을 쓰기 전 의식처럼 치르는
한 행위에 불과하니까요.

뭐지? 지금 둘이 영화 찍나… 멜로?

사랑을 받아보지 못한 사람들은
사랑에 빠진 사람들을 싫어합니다.

그리고… 지금 시간이 몇 신데.
잠 안 자고 연애질들이야… 짜증나게.

갖고 싶었던 장난감을 가졌다가 금방 잃어버린 아이처럼
잃어버린 장난감만 생각하면 눈물이 나기 때문입니다.

## 각자의 할 일

요즘 한 남자는 기분이 너무 좋다.
생각지도 않았던 작품이 대박이 나며
여기저기서 때로는 저기 여기서
한 남자의 글을 받기 위해
한 남자의 기분을 좋게 만들어주기 때문이다.
그래서 한 남자는
자신의 기분을 충족시켜준 사람들과
자신의 불안한 미래를 위해서
술을 잔뜩 마신 채 작업실 문을 벌컥! 열고 들어옵니다.

그래서 외로워는
땡큐를 두고 후다닥! 2층 창밖으로 뛰쳐나갔고
땡큐는
도망치듯 뛰쳐나가는
외로워를 안쓰럽게 바라봅니다.
자신이 할 수 있는 일은 그것밖에 없으니까요.
그리고 쓸쓸이는
술에 취해 컴퓨터 앞에 앉은 한 남자의 손길을 기다리며
사랑이 꼭 한 가지 색깔일 필요는 없다고 스스로를 다잡습니다.

# 술 취한 선인장

오늘 한 남자는 술에 많이 취했나 봅니다.
쓸쓸이로 자신의 손을 씻지도 않고
작은 화분이 넘치도록
잔에 남아 있던 독한 위스키를 땡큐에게 부어줍니다.
그러고는 어린아이처럼 쿨쿨 책상에 엎드려 잠이 듭니다.

난 내가 싫어… 쓸쓸이 너도 네가 싫다고 했지?

쓸쓸이는 조금 전 자신이 부린 유치한 질투 때문에
땡큐가 화가 났다고 생각합니다.
그래서 좀 미안한 마음이 들었는데
술 취한 땡큐의 얘기는
그게 아니었습니다.

# 술 취한 땡큐의 이야기

땡큐는 스스로 선택할 수 있는 게 아무것도 없었다.
첫 번째 주인 철수가 죽었을 때
철수를 따라가고 싶었지만
병원 소각장 옆에 버려졌고
소각장 옆을 지나가던 한 남자의 눈에 띄어
자신의 의지와 상관없이
컴퓨터 옆 전자파를 흡수하는 선인장이 되어버렸다.

땡큐는 처음부터 외로워를 알아보았다.
자신의 짝인 것을
하지만 그것뿐이었다.
외로워에게 따뜻한 차 한 잔은 고사하고
외로워 보이는 손을 잡아줄 수도 없었다.
외로워는 자신과 비슷하기 때문에
손 한 번만 따뜻하게 잡아주어도
충분히 감사하고 행복을 느낄 텐데…
그것마저도 땡큐에게는 할 수 없는 일이었다.

그때 또 비가 내렸다.
땡큐는
비를 맞고 정처 없이 떠돌아다닐 외로워가 걱정이 된다.
하지만 그것뿐이었다.
걱정하는 것 말고는 아무것도 땡큐가 할 수 있는 일은 없다.
땡큐는 그런 자신이 너무 싫다.

## 외로워

외로워는 지금 기분이 좋습니다.
하늘에서 물이 떨어져도 기분이 좋습니다.
조금 전 시동이 막 꺼진 따뜻한 자동차를 발견하고
그 밑에 들어와 있거든요.
차가운 빗물이 이따금씩 자신에게 부딪히고 있지만
그래도 괜찮습니다.
이제 진짜 친구가 생겼으니까요.

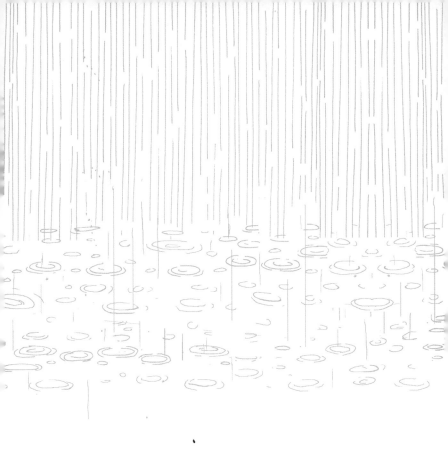

진짜 친구는 처음입니다.

조금 전 자신의 얘기를 막 털어놓은 것도

하나도 후회가 안 됩니다.

원래 외로워는 남한테 자신의 얘기를 한 다음 꼭 후회했는데

지금은 하나도 후회가 안 됩니다.

다만 땡큐의 주인이 조금 더 늦게 왔으면 좋았겠다는

생각만 조금 합니다.

만약에 한 남자가 조금만 더 있다 문을 열었다면.

## 그랬다면…

외로워는 땡큐의 가시를 만져주고 싶었습니다.
따가워도 꼭 참고 땡큐를 사랑해줬던
그 아이 철수처럼

이것 봐! 넌 진짜 하나도 안 따가워…
부드럽기만 하구만…

그러고는 햇볕이 더 잘 비치는 창틀로 옮겨주고 싶었습니다.
큰 모니터 옆은
아무리 생각해도 햇볕이 잘 들지 않을 것 같았거든요.

내가 생선 다음으로 햇살을 좋아한다고 얘기했던 거 기억나?
그때 네가 그랬잖아… 너도 햇살을 좋아한다고
사실 그때 너랑 같이 햇살 아래서 놀고 싶었거든.
뭐… 그냥
내가 좋아하는 거나
네가 좋아하는 거나
둘 중 하나 하면서…
너랑 있으면 아무것도 안 해도 좋을 것 같기는 하지만…

그리고 햇살 아래서
땡큐의 그 아이 철수 얘기를 하고 싶었습니다.

그 철수라는 애 착하지? 그럴 것 같았어.
그러니까 착한 너한테 잘해줬지.
난 세상에 착한 사람들이 참 많았으면 좋겠어.
그럼 네가 더 많이 사랑 받을 수 있잖아.
나는 조금 더 많은 사람들이
널 사랑해줬으면 좋겠어.
넌… 참… 착하니까.
그래서 네가 참… 좋아.

## 10미터

땡큐와 외로워의 거리는 10미터
외로워가 마음먹으면 7초도 안 걸릴 거리.
땡큐가 돌아볼 수만 있다면
자동차 밑에 있는 외로워를 볼 수 있는 거리.
하지만 그럴 수 없는 땡큐와 외로워에겐
멀고도 먼 거리.

# 꿈속의 꿈

땡큐는 꿈속에서 또 꿈을 꾼다.
외로워와 같은 모습으로 다시 태어나는 꿈
가능하다면 외로워가 선인장이 되는 것보다
자신이 고양이가 되는 꿈을…
색깔은 외로워와 반대되는 하얀색이었으면 좋겠다.
그래야 누가 봐도 다정한 한쌍처럼 보일 테니까.
하얀색 고양이로 다시 태어나 까만색 외로워와
다정한 한쌍으로 어디든 함께 다니고 싶다.
꿈속의 꿈에서라도.

# 꿈속의 꿈 II

외로워는 꿈속에서 또 꿈을 꾼다.
땡큐와 같은 모습으로 다시 태어나는 꿈.
가능하다면 땡큐가 고양이가 되는 것보다
자신이 선인장이 되는 꿈을…
그리고 철수를 만나 셋이 같이 노는 꿈.
철수를 만나면 화분 하나에 땡큐와
선인장으로 다시 태어난 자신을 넣어달라고

그러면 철수가 또 다시 없어지더라도
두 번 다시 땡큐가 외롭지 않도록
옆에서 잘 놀아주겠다는 약속하는 꿈.
꿈속의 꿈이지만 그럴 수 있다면
정말 좋겠다는 꿈을 꾸고 있다.

# 꿈속의 꿈 III

쓸쓸이는 꿈속에서 또 꿈을 꾼다.
다음번에는 화장실의 거울로 태어나게 해달라는
쓸쓸이는 화장실 거울이 항상 부러웠다.
자신처럼 비누 거품이 돼서 사라지지도 않고
한 남자가 매일 매일 매일 바라봐주고
웃어주고
인상도 써주고
가끔 깨끗이 닦아도 주니까.
언제나 책상 위에서
한 남자의 손길이나 눈길을 기다리지 않아도
하루에 한 번씩은 한 남자를 바라볼 수 있을 테니까.
꿈속의 꿈이지만
한 남자를 온전히 느낄 수 있는 순간이
너무 너무 너무 행복하다.

# 이삿짐

한 남자가 이삿짐을 쌉니다.
대박을 친 출판사에서
한 남자의 기분을 위해 더 좋은 작업실로
한 남자를 이사 시켜주기 때문입니다.
한 남자는 먼저 자신의 생명처럼 소중한 원고가 담긴
컴퓨터 본체와 모니터를
조심스럽게 출판사에서 새로 사준 자동차로 옮깁니다.
그다음 자신이 아끼는 스탠드와 오디오, 컵을
그리고 늘 자신에게 열심히 써야 한다는 동기를 부여한
남태평양의 섬 사진을 벽에서 떼어 둘둘 말아 옆구리에 끼고는
작업실을 한 번 쓰윽 훑어보고 쿵… 문을 닫고 나갑니다.
땡큐와 쓸쓸이에게는
단 한 번의 눈길도 주지 않은 채.

## 쓰레기

한 남자의 예전 작업실로 입주해 들어온 사람들은 신혼부부였다.

세상에서 제일 달콤한 미래를 꿈꾸는 신혼부부

신혼부부에게

작은 방과 화장실 하나인 2층 한 남자의 예전 작업실이

세상에서 제일 아름다운 공간으로 보인다.

그리고 그 공간에 남아 있던 선인장과

처음 모양을 제대로 알아보기 힘든 비누는

오래된 책상과 의자처럼 똑같은 쓰레기로 밖에 보이지 않는다.

## 동물과 식물의 차이

동물은 움직이지 못하면 죽고
식물은 움직이면 죽는다.

# 50ℓ 쓰레기봉투

툭! 툭! 툭!
50ℓ 쓰레기봉투 안에 쓰레기들이 채워진다.
툭! 탁! 쨍그랑…
땡큐가 담겨 있던 화분이 깨지는 소리에
쓰레기봉투 주위를 맴돌던 외로워가 미처 날뛴다.

## 고양이와 선인장의 차이

고양이는 아프지만 선인장을 안아줄 수가 있고
선인장은 슬프지만 고양이를 안아줄 수가 없다.

# 미친 고양이

외로워는 목숨을 걸고
쓰레기봉투 안에 있는 땡큐를 구하려고 노력하지만 역부족이다.
지이이이잉.
한 남자의 동네에 버려진 쓰레기봉투를 수거해
쓰레기차에 싣던 인부들에게는
땡큐를 쓰레기봉투 안에서 구하려는 외로워가
미친 고양이로밖에 보이지 않는다.

환경미화원1 : 저기 저 고양이 저거 왜 지랄이야?
환경미화원2 : 미쳤나 보지… 가자고, 늦었어. 오늘은 웬
쓰레기가 이렇게 많아.

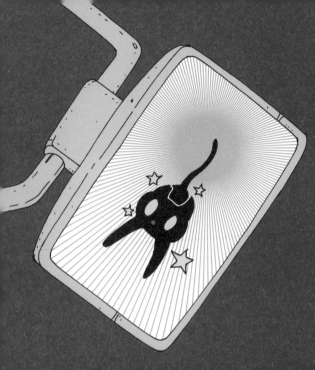

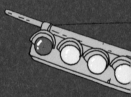

## 사이드미러

환경미화원2 : 저거 아까 그 고양이 아냐? 우리 따라오는 거
같은데…

외로워는
미친 듯이 뛰었습니다.

환경미화원1 : 지랄 났다, 지랄 났어… 왜 저래?

터져버릴 것 같은 심장도
멈춰버릴 것 같은 다리도 신경 쓰지 않은 채
미친 듯이 뛰었습니다.

환경미화원2 : 잘 뛰네. 저거… 자기가 표범인 줄 아는 거
아니야?

그래도 땡큐를 실은 쓰레기차는
점점 더 외로워에게서 멀어졌지만
그때마다 빨간색 신호등이 켜져
다행히 따라잡을 수 있었습니다.

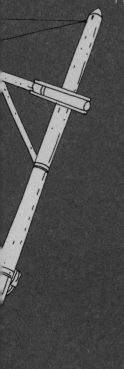
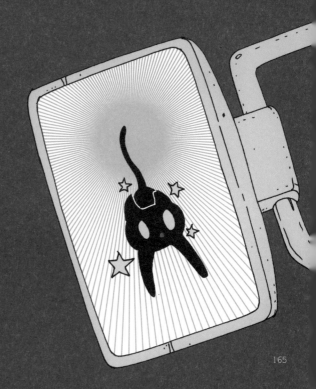

## 쓰레기 하치장

냄새나죠… 나 …? 미안해요

외로워는 심장이 터져버릴 것 같았습니다.

하아… 하아… 하아… 하아…
왜 그렇게 눈물이 흐를 것 같은지 알 수는 없지만
가슴이 터져버릴 것 같아서 아무 말도 할 수가 없었습니다.

쓸쓸이가 어디 있는지 알면 좀 닦아달라고 할 텐데…

눈물이 나올 것 같아서 정말 아무 말도 할 수가 없었습니다.

따갑지 않아요…? 나 많이 따가울 텐데…

눈물이 더 나올 것 같아서 정말 아무 말도 하지 않았는데도
눈물이 흘러나왔습니다.

## 고마워요… 나 이제 하나도 외롭지 않아요

땡큐는 더 이상 아무 말도 하지 않았습니다.
밤하늘에 별들은 반짝이고
더 이상 아무 말도 하지 않는 땡큐를 안고 있는 외로워는
땡큐가 처음 자신에게 했던 얘기가 생각이 납니다.

제 이름은 땡큐예요.
고맙다는 뜻이래요.
저에게 가끔 물을 주고
내 기분을 궁금해해주던 남자아이 철수가
친구가 되어줘서 고맙다고 땡큐라고 지어줬어요.

# 고양이와 선인장

난 고양이야.
생선을 제일 좋아하고
햇살이 좋은 날 지붕 위에서 낮잠 자는 걸 좋아해.
난 검은색이야.
다른 색깔은 아무것도 섞이지 않았어.
좀… 밋밋하지.
친구? 우리 고양이들은 그런 거 없어.
근데 있잖아.
네 이름은 뭐야?

# 고양이의 첫사랑

넌 무슨
이따위 냄새를
풍기고 다니니?

고양이가 처음 느낀 건 빨간 장미의 아름다움이 아닌
장미가 풍기는 향기였습니다.
빨간 장미의 향기는
숨……
………이
막힐……………듯
강…………………렬
했기에…………………눈
을……………………………뜨고
싶지………………………………않
……………………았습니다.

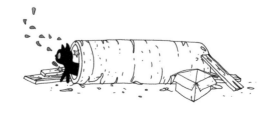

넌
무슨 이따위
냄새를 풍기고 다니니?

고양이는 쓰레기봉투가 세상에서 제일 좋았습니다.
쓰레기봉투 속에는
고양이가 제일 좋아하는 생선도 있고
캔 속에 담긴 참치 부스러기
한 입도 베어 먹지 않은 닭다리도 가끔 있었으니까요.
그래서 아침에 눈을 뜨면
제일 먼저
다른 고양이들이 손대지 않은 쓰레기봉투를 찾아다니는 일이
고양이에게 제일 중요하고 행복한 일이었습니다.

넌 무슨 **이따위**
　　　냄새를 풍기고 다니니?

장미를 알게 된 다음 날부터
고양이의 아침엔 변화가 생겼습니다.
다른 고양이들이 손대지 않은 쓰레기봉투도
한 입도 베어 먹지 않은 닭다리도
부스러기가 많이 남은 참치 캔도
고양이에게는 그다지 중요한 일이 아니었습니다.
아침에도
점심에도
저녁에도
온통 빨간 장미 생각이 머릿속을 둥둥 떠다닐 뿐
다른 생각은 도무지 떠오르지 않았습니다.

넌 무슨
## 이따위 냄새를
풍기고 다니니?

그리고 알게 됐습니다.

자신에게서 나는 냄새와

장미에게서 풍기는 향기의 차이점을

넌 무슨
이따위 냄새를
풍기고 다니니?

그래서 고양이는

배가 고팠지만 꾹……………참고

………………………………………또

………………

………

……………………참고

………………

또………………………………………………………

참았습니다.

그리고
장미를 만나러 갔습니다.

배가 고파서 발이 잘 움직이지 않고
지나가던 고양이가
말도 안 되는 시비를 걸며 싸움을 걸어와도 참으며
장미에게로 걸어갔습니다.
걸어가면서 고양이는
장미를 만나면 꼭 말하고 싶었습니다.

나랑 **친구**하면
안 돼?

난 너랑 친구가 되고 싶어.
난 괜찮은 고양이는 아니지만
그다지 나쁜 고양이는 아니거든.
그리고
난 사랑이 뭔지 잘 모르겠지만
지금… 그걸… 하고 있는 것 같아…

하지만 몰래 훔쳐본 빨간 장미는
자신과 친구가 되기엔 너무 아름다웠고
고양이는 빨간 장미에게 다가가지 못한 채
지워지지 않는 자신의 냄새를 맡아보곤 했습니다.

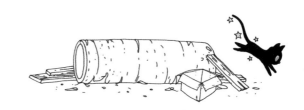

넌 무슨
이따위 냄새를
풍기고 다니니?

빨간 장미의 눈에 띄지 않는 곳에서
바람에 날려오는 장미의 향기를 맡으며
빨간 장미를 조금 더 가까이에서 볼 수 있다면…
하는 상상을 하면서

그러던 어느 날,
　　빨간 장미는

숨이 멎어버릴 것 같은 그 향기도
남겨두지 않은 채 사라져버렸습니다.
그때부터 고양이의 머릿속에는
하나의 강렬한 핀이 박혀버렸습니다.
그 핀은
고양이가 만든 것이 아니었기 때문에
고양이는 그 핀을 스스로 빼버릴 수가 없었습니다.

넌 무슨
이따위 냄새를
풍기고 다니니?

그때부터였습니다
고양이가 자신을 싫어하게 된 것은
밥을 먹다가도 자기가 싫었고
잠을 자다가도 자기가 싫었고
다른 고양이들과 어울리다가도 자기가 싫었습니다.

다시 여름이 왔지만
　　빨간 장미는 나타나지 않았습니다.

고양이가

쓰레기봉투를 멀리해도

장미와 비슷한 향기를 풍기려고

꽃집 앞에서 하루 종일 서성거려도

아파트 단지에서 처음 만난 장미 가시에 찔리면서

그 향기를 묻히며 기다려도

절대로 빨간 장미는

나타나지 않았습니다.

그렇게

어디에도 나타나지 않는 빨간 장미 생각이 잊혀질 때쯤

병원 소각장에 쓸쓸하게 혼자 있는 선인장을 발견했습니다.

선인장과는 한 번도 얘기를 해본 적이 없었지만

왠지 자신과 비슷하다는 걸 느낄 수 있었습니다.

비슷한 사람들은 다 비슷하니까요.

아저씨,
이거 누구 거예요?

소각장을 지나가는 한 남자는
왠지 선인장을 사랑해줄 것 같지 않았습니다.
그냥… 그런 생각이 들었습니다.
한 남자의 집은 병원 소각장과 그리 멀리 않은 곳에 있었고
무작정 선인장을 따라갔습니다.
어차피 선인장은 고양이를 모를 테니까요.
다행히 한 남자는
고양이가 잘 볼 수 있는 창가에 선인장을 두었습니다.
하루가 지나고 이틀이 지나고, 사흘이 지나 한 달이 지났지만
한 남자는 선인장에게 아무 말도 걸지 않았습니다.
선인장은 쓸쓸해 보이고
심심해 보이고
말을 걸면
왠지 받아줄 것만 같았습니다.
비슷한 사람들은 다 비슷하니까요.
그래서 고양이는 용기를 내 선인장에게 다가갔습니다.

난,
고양이야.

생선을 제일 좋아하고
햇살이 좋은 날 지붕 위에서 낮잠 자는 걸 좋아해.
난 검은색이야.
다른 색깔은 아무것도 섞이지 않았어.
좀… 밋밋하지
친구? 우리 고양이들은 그런 거 없어.
근데 있잖아,
네 이름은 뭐야?

작가의 마음

가령…
혹시…
진짜로…
현대 과학이
사진 속의 그때로
그 사람의 영혼을 보내줄 수 있다면
단
한번 사진 속의 순간으로 돌아가면 다시는 돌아올 수 없다면
난
어떤 사진 속으로 돌아갈까…?

모든 사람들에게
그런 현대 과학의 혜택이
공평하게 주어진다면
지금 지구엔
몇 명이나
살고 있을까…?

## 《고양이와 선인장》시리즈

시크한 길고양이 외로워의 도시 방랑기.
원태연 작가는 현대인들의 고독한 일상을
길고양이 외로워를 통해 표현하고,
공감하기를 시도한다.
도도하고 까칠한 길고양이 외로워가
도심을 방황하면서 각양각색의 사람들과 만나면서
벌어지는 해프닝과 에피소드를 통해
일상 속 '나'를 만날 수 있다.

# 고양이와 선인장

ⓒ 원태연, 2019

초판 1쇄 발행일    2019년 8월 2일
초판 2쇄 발행일    2021년 1월 15일

지은이    원태연
그린이    아메바피쉬
펴낸이    정은영

펴낸곳    꼼지락
출판등록    2001년 11월 28일 제2001-000259호
주소    04047 서울시 마포구 양화로6길 49
전화    편집부 (02)324-2347, 경영지원부 (02)325-6047
팩스    편집부 (02)324-2348, 경영지원부 (02)2648-1311
이메일    kkom@jamobook.com

ISBN 978-89-544-3993-0 (03810)

• 잘못된 책은 구입처에서 교환해드립니다.
• 저자와의 협의하에 인지는 붙이지 않습니다.
• 꼼지락은 "마음을 움직이는 (感) 즐거운 (樂) 지식을 담는 (知)"
  ㈜자음과모음의 실용 에세이 브랜드입니다.

이 도서의 국립중앙도서관 출판시도서목록(CIP)은 서지정보유통지원시스템 홈페이지
(http://seoji.nl.go.kr)와 국가자료공동목록시스템(http://www.nl.go.kr/kolisnet)에서
이용하실 수 있습니다.(CIP제어번호: CIP2019026904)